JN119630

詩集

悲しみも逆さか

大土由美

詩集　悲しみも逆さか　＊目次

あの記憶

その日常

この惑星

あの記憶

記憶のしっぽ

切っても切っても生えてくる
記憶のしっぽ
幾筋にも成る赤黒く盛り上がった傷痕は
醜く痛々しい

それが不思議にも
つと最近
傷痕は
刻まれた確かな歴史と愛おしく

新しいしっぽは
尽きない命の証だ
そう思える

KI・SE・KI

磨りガラスと格子の昭和長屋の玄関
ジャラガラ開けると隣との仕切り壁
設えた一メートル高の無骨な下駄箱の上
ごろごろごろごろ　ごろごろごろごろん
父が持ち帰った土産の石ころ
子供の握りこぶしほどの石が無造作に山積みされて
基石《きせき》・黄石《きせき》・既石《きせき》・生石《きせき》・奇石《きせき》・己石《きせき》・起石《きせき》・・・・・・

半世紀も前の東京オリンピック
高度経済成長の只中
敗戦の傷痕から抜け出そうと皆もがいていた
満州帰りの父は八幡製鉄の職工で熱心な組合活動家
全国労働組合の支援オルグに飛び回る
情熱だけで金の無い父が
各地の名物饅頭代わりに拾ってきた石

揆石《きせき》・寄石《きせき》・飢石《きせき》・危石《きせき》・旗石《きせき》・企石《きせき》・牙石《きせき》・・・・・

母も私も弟も気にも留めずに疎んだ石
子供の眼にも無価値で無骨な路傍の石
長旅から帰った父に
「お土産は？」と訊いた私が悪い弟が悪い
一つ、二つ、三つ、四つ、・・・・・・・・・・
賽の河原で石積むように
無益無意味な石の山
石の裏には父の手で収集地と日付が貼られた
記石《きせき》・期石《きせき》・忌石《きせき》・鬼石《きせき》・紀石《きせき》・器石《きせき》・季石《きせき》・・・・・

ある夜の宴会酒でご機嫌な父が
「磨けば、高い値がつく石たい」
茶色のすり減った皮鞄から出てきた石は
可憐な五輪の白梅が滲んでいた
歪な四角柱の珍石は
門司で採れる梅花石

貴石《きせき》・希石《きせき》・妃石《きせき》・輝石《きせき》・亀石《きせき》・帰石《きせき》・喜石《きせき》・・・・・

父は自慢の梅花石
磨くこと無く心筋梗塞で死んだ
師走の霙の凍る日に
十四の私は泣かずに恐れた
家族は追われて家を出る

形見の石達何処に置く
そうだ！　愛犬ピスの墓
庭の桜木盛り土は父を慕ったピスの墓
梅花石を中心に二重三重の環を作る

このストーンサークルは
父の旅の軌跡
知りうる世間に奇跡は無いが
これは確かに石達の奇跡

三面鏡

金婚式を前に亡くなった
節子姉さんの嫁入り道具の三面鏡

遠い昔
姉さんと行った
テーマパークの硝子の迷路
無数の途絶えることの無い私との出会い
目のくらむ恐怖と絶望

赤葡萄酒色の三面鏡の扉を開ける
と
そこには
突然の節子姉さんと幼い私がいる
慌てて過去も未来も閉じ込める

遺品の三面鏡は
不用意に開けてはいけません

満州挽歌

モーゼル一号（C96）
四角い弾倉とグリップが特徴的なドイツの自動拳銃を
父がいつから持ち始めたか知らない
「歓迎満州協和会池田事務局長」と
書かれた横断幕の前列中央
軍服を着た父はそれを持ち写っている

父の右脇腹と大腿部には赤黒い弾痕があった
酩酊帰宅の父が上機嫌の風呂上がり
「弾の痕たい」と弾痕を見せる
意地の悪い娘は
「撃ち返したのか」と尋ねる
父の顔が引きつり
娘は自分の言ってしまったことを後悔する

その年の十二月
父は心筋梗塞であっさり逝った

何も答えずひき攣れを引きずり五十六歳で亡くなった
葬式にはるばる雪国から来た叔父が
「兄さんは肝の太か人だった
馬賊との土地の交渉は危険だけ銃を持つよう言ったけど
兄さんは丸腰で出掛けていた」
「馬に乗るのは他の誰より上手かったなあ〜」
叔父が深くため息し涙ぐむので
私にも草原を馬で駆ける父が見えた

五十回忌も過ぎたというに
父への悔悛の情と同時に
それでも人殺しに違いは無いと
草原に生きる母と子に
父に代わって詫びる日がある

墓参り

あの蝉は何ゼミ？
蝉の声を聞き分けた
サト婆ちゃんの初盆

風の無い炎天はじるじるじると
陽炎をつくる

草むせる休耕田の畔道
うなだれて行く黒い犬
その後を
鬼灯と鶏頭を抱え
老いた息子がついて歩く

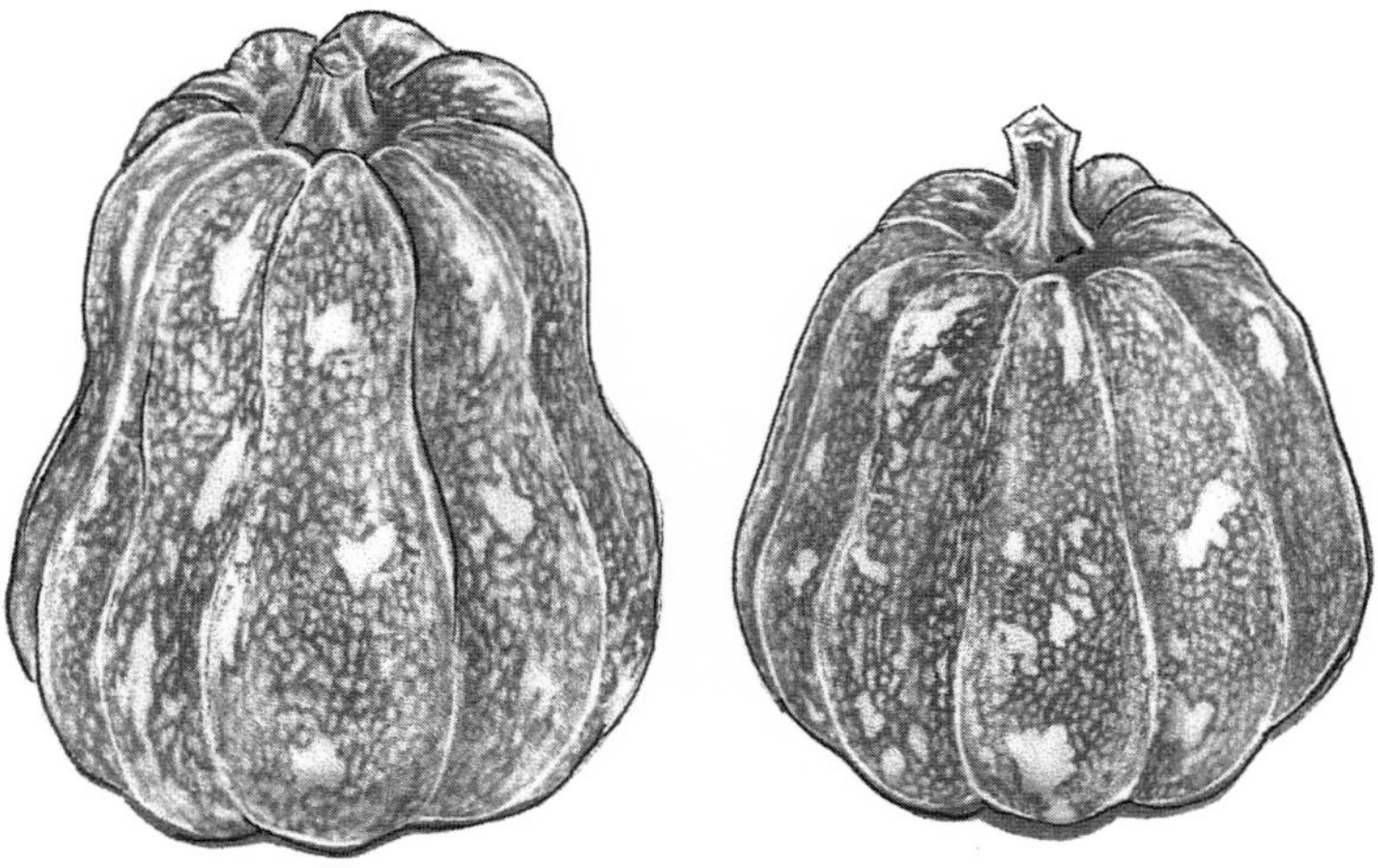

東京オリンピック

一九六四年東京五輪
「オリンピックの顔と顔
ソレトトントトトントト顔と顔」と
東京五輪音頭のサビを繰り返し歌いながら
アベベの足の裏ばかり気にしていた

二〇二〇年東京五輪
聖火台前の大坂なおみのドレッドヘアが
毎年八月九日に勝山公園の平和記念碑に献納する
夜間学級の生徒達で作った
千羽鶴の把にそっくりだった

おくり鳥

暁闇が裂け夜明けに入る時
激しい頭痛と嘔吐に襲われる
脈動が頭を締め付け刺す
記憶に絡まれた人間達が
うごうごと押し合いへし合い
腸管の時間パイプから逆流してくる
それは私の胃を突き上げ
食道を這い上がり
喉元を押し広げ
口の堰を切って便器になだれ落ちる
何処から来るのか分からない膨大なゲロ
何時まで吐き続けるのだろう
十七分ごとの嘔吐を九回
最後の胃液一滴を絞り出す

少しばかり軽くなった私は
半世紀以上忘れられた

傾いた木造アパートを抜け出し
今を引きずり
よーたりよーたりと裏の港を散歩する
春なのかどうか
鈍く光る湾と対岸には倉庫と工場
なだらかな山並み
薄いベールを広げた空
彩りの無いモノクロの水平線構図

斜め前方桟橋の先
子供の背丈ほどの異形の鳥
あれは確かにハシビロコウ
ブルーグレーの羽毛、淡黄色の巨大な嘴
哲学者の顔、愛嬌のある冠羽
昔暮らした女と動物園で見た鳥
「和名は、『嘴の広いコウノトリ』と言うのよ
だから略して、『ハシビロコウ』なのかしら……」
表情の少ない女が言った
鳥舎の前のベンチで二人
修行僧のように動かぬ鳥を無言で眺めた

港のハシビロコウはブルッと身震いし

初めて私を振り返る
何を見ていたのだろう?

湾の奥から
頼りないエンジン音が近づく
小型船舶には
白いチマチョゴリの老女と喪服の痩せた女
オモニの抱えているのは骨の壺
女は庭で手折った赤桃白の金魚草
ああ~
女たちは外海に散骨に行くのだ

ハシビロコウと私は
並んで見送る
おそらく
私であろうその男の遺灰を
船が白い点になるまで

ももちゃん

ももちゃんは誰とも話さない
先生は
ももちゃんが高機能自閉症だという

ももちゃんは学校が嫌いだ
それでも週に二日登校する
たぶん、図工のある日と書写の日

六年二組の通信配達は隣の席の私の役目
私だと分かると玄関まで出てくる
日曜の昼は「新婚さんいらっしゃい」を見ている
「笑点」も好きだ
夕方遅れて通信を届けた時
確かにももちゃんの笑い声が聞こえた

ももちゃんは本好きで結構難しい本も読む
昨日雨の日、遠足のお知らせを届けた

その日は珍しく
ももちゃんは一人で玄関先まで来た
私の濡れた髪を見て直ぐに引き返し
ピンクのキティちゃんのタオルを差し出した

また部屋に戻り
今度は本を抱えてきた
『孤宿の人』宮部みゆき、少し黄ばんだ大人の本だ
本を開いて私に見せる
細い青ペンでぎっしり書き込みがしてあるページ
「これ古本?」と聞くと
ももちゃんは嬉しそうに頷いた

ももちゃんが
高機能自閉症なら
きっと私も同じだ

答えの無い寓話

さんざんに散ったサザンカを掃く早朝
朋友の訃報メールが届く

東京タワーもスカイツリーも見えるタワーマンションで
缶ビール片手に開いたパソコンの前
テレビも付け放し
パジャマ姿で胎児のようにソファで息絶えていたという

保育園のお遊戯会
イソップ童話の「田舎のネズミと町のネズミ」
皮肉にも君は田舎のネズミで僕は町のネズミ
綿入ればんてんを着てネズミの耳を付けた君は堂々たる名演技
僕は曲がった赤い蝶ネクタイを気にしたまま
二人並んで写真に映っている

中高はサッカー部
フォワードの君とゴールキーパーの僕

かなりな悪戯もしたが君は軌道修正帳尻あわせの名人で
僕は「そうだねッ!」と、言うばかり
ぼくたちの何気に平和平凡な学生時代

東京の名門私大に入った君と
地方の国立教育大に進んだ僕はいつの間にか疎遠になった
大学卒業前の部活同窓会
外資系の企業に内定の君が
「三味線職人になる。葛飾に仙人みたいなすっごい職人がいるんだ」
そんな本気らしい君を気のいい仲間達は全力で止めた
どう思うと最後に聞かれた僕は無性に腹が立ち
「選択肢がいくつあったって、僕たちは一人っ子だ!」
それを君はどう解釈したのか
「そうだね」と頷き悲しい顔で笑って別れた

それからの三十年
都会で起業し成功した君は年に一度律儀に帰省した
独りだから遊びに来いよ
何度も誘ってくれたのに
見ることをしなかった君の夜景

なだらかな山脈の故郷の変わらぬ景色の中で

今も
君と僕の間を
歯の一本抜けた初老のネズミが
右往左往走り廻っている

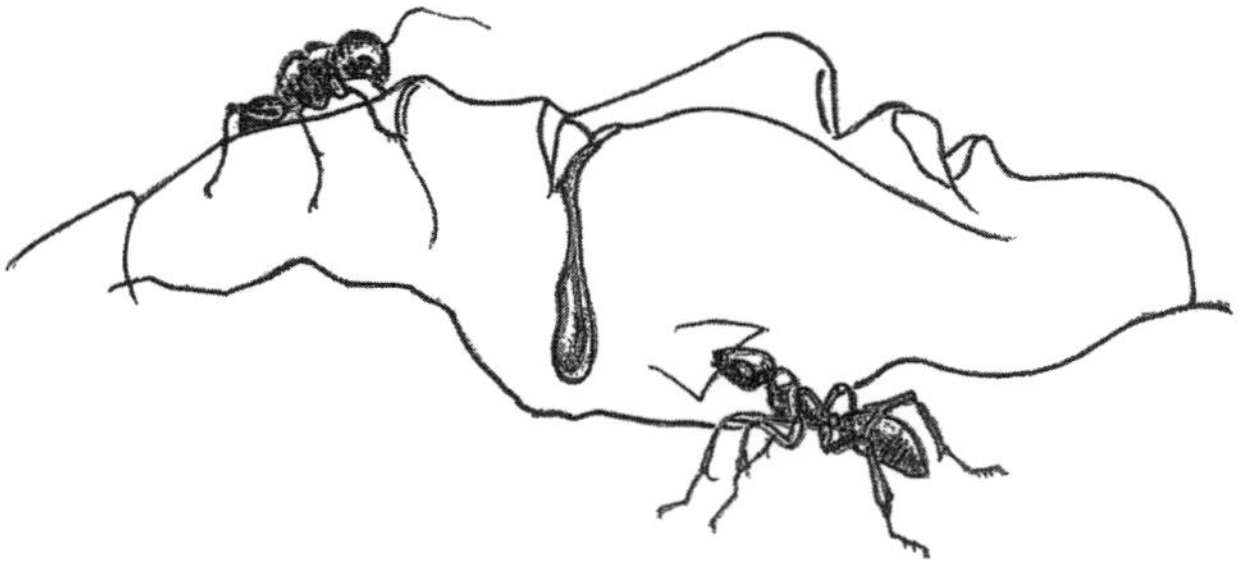

いのちきじゃら

よく晴れた梅雨の朝
ハルさんが身罷った

ハルさんは
周防灘を望むこの海辺の村
大正の終わりから
コロナ禍の令和まで
九十六年生き抜いた

ハルさんの口癖
「いのちき出来ればいいんじゃら」
ハルさんはいのちきのため何でも作った

米、麦
梨葡萄桃スイカ、メロンに柿苺……
玉葱白菜ブロッコリー
キャベツ人参大根牛蒡にほうれん草……

大豆そら豆、ジャガイモサツマイモ里芋カボチャ
どの野菜果物達も
甘くて旨くて美しい

ハルさん
とびとびの狭い田畑を
一輪車でせっせと往復
村一番の野菜を作る
そう
百姓のプロフェッショナルがハルさん

娘時分は戦争の最中
男の少ない村で
誰より働いた

戦後は
長男が戦死した農家に嫁ぐ
舅姑が相次いで亡くなり
家には次男の年若い夫と幼い小舅が四人
浜には塩田
蚕も牛も鶏も飼った

貧しい村は兼業で
畑は女に任された

村の女達はよく笑い
仲良く競って働いた
そしてじゃらじゃら子を産み育てた

ハルさんの子は一女二男
辛酸尽きないこの村を
子らは嫌って都会に行った

でもハルさん
夫の残した梨畑
二十年間独りで守った
台風で落ちてしまった梨を集めながら
「しかたねえ〜、どこの畑も同じじゃら」

日照りで苗が枯れた日も
長雨で野菜が浸かり腐れても
虫が付いて出荷出来なかった年も
天を恨みはしなかった

村の老いた友達が一人二人と土に戻る
村一番の働き者が村一番の長寿になった
九十歳で足が萎え
それでもハルさん
畑を這って野菜を育てる
病気で施設に入るまで……

ハルさんの人生が
甘いか苦いかしょっぱいか
それは知らない

ただ
ハルさんは
最後の一滴まで自分を生ききった

色残像

チーターやピューマに変身できた弟は
還暦前に独り身で死んだ
永年の煙草のヤニと酒の滓が彼の食道を塞いでいた

幼い日
「野生の王国」の番組が終わると
居間の四畳半は広漠としたサバンナになった
今見た動物をそっくりに模倣する弟
機嫌の悪いときは卓袱台を飛び越え襲ってきた

動物の絵を描くのも上手かった
ただ弟は赤緑色弱で
彼の描いた見事な黒豹は
真っ赤に波打つ炎の草原を走り
遠くのジャングルも山火事だった

父も逝き高齢の母は弟を

国立工専に入れようとした
だが色弱で受験すらできなかった

母の二十七回忌
久しぶりの実家に帰る
見紛うほどに痩せた弟が
赤茶とモスグリーンのチグハグなスリッパ対にして
上がり框に差し出した

今年の年賀状の兎を切り出す
白いケント紙の上の鮮やかな赤いカッター
ぼんやり眺めて手に取ると
紙にはくっきり
青緑のカッターの形が残る
あッ、補色残像だ！

はたして
弟の見た色残像は
どんな色をしていたのだろう……

ラッキー・ユー

メロンが三つ並んで
おぅー・あた・りぃー
ハワイ二名様ご招待！

薄寒の暮れの商店街に
ジャンガラジャンガラ振り鐘が鳴り響き
福引きスロットのボタンを押した
小学五年生のあなたは
取り囲む客達の歓声と拍手に
面食らっての直立不動

あのハワイ行きの黄色いチケット
仕事が忙しくて
友人老夫婦に譲ってしまったことを
母さんはちょっぴり後悔している

四半世紀も経ったというに

今でも時々
あの時
一生分の幸運を使い果たしたからなぁ～
そう言って笑うあなた

おいおい息子よ
母さんはあなたに出会ったことが
後にも先にも人生一番の
大当たりだというに………

その日常

悲しみも逆さか

寝室のクローゼットに
蝙蝠《こうもり》を飼っている

正確には彼女が
押し入れリフォームのクローゼットに
勝手に住み着いたのだ
名をマギーという

流行り病が世界を覆った春
春雷が鮮やかなマゼンダの閃光を放ち
二階の全ての窓を震撼させた夕時

疲れ切った仕事着を着替えようと
クローゼット開けたとたん
鳩ほどもある蝙蝠と目が合った

恐怖を飲み込むたちの私は

ウグュッ！　と、のけぞり
窓を全開に
出て行けと無言で叫ぶ！

彼女はやれやれとばかりに
部屋をバタバタ三周し
嵐の空に飛び出した

重く重なる一面の波雲に
刀傷のように
真紅の夕焼けが覗いている

蝙蝠はその鋭い傷口に向かって飛び
夕焼けは直ちに暗紫の雲に変わる

かの国では害虫を食べ
福を呼ぶという蝙蝠

海を渡り逃れ来た女王蝙蝠
私は彼女を追い出した罪をぐずぐずと恥じ
鎮守の森が騒ぐ様を何時までも眺めていた

だけども
女王マギーは、何度も帰って来る
何処から入るのか分からない
クローゼットの扉を開くと
彼女はいつも出し抜けに
ポール端に下がっている

そこから
深いため息をついて出て行くことも・・・
そのまま目を閉じ眠りにつくことも・・・
私とたわいない世間話をすることも・・・

女王蝙蝠は
逆さの悲しみぶら下げて
段々痩せ細りやつれていく
次から次に流れ乾く血
瘡蓋になった哀傷

カサカサの悲しみを見し中の逆さか？

カサカサノカナシミヲミシナカノサカサカ
カサカサノカナシミヲミシナカノ・・・・

カサカサノカナシミヲ・・・・・・・・・・
カサカサノカナシミ・・・・・・・・・・・
カサカサノ・・・・・・・・・・・・・・

私はマギーの終わらない回文を
呪文のように唱え始める

新春の食卓

令和になってこの三年
デパート、料亭、コンビニと
お節を頼んでみたりもしたが
いまいちだねぇ〜と、夫の評

例年歳暮で戴ける
築地海産物問屋に嫁いだ友からの生冷凍蟹
今年が最後よと友が言う

ロシア産上質生タラバ
アメリカ中国が競争で
二倍三倍の値を付けて
貧乏日本は太刀打ちできない
だから今年は生ズワイ蟹なの
それはそれで、もう十分
有り難く頂き、食べ納めの贅沢鍋といたします

贈られてきた透き通る薄紅色のズワイ蟹
流水で溶かし
まずは生の刺身で食べる
白く艶やかな蟹は
口いっぱいにとろけながらみぞおちまで甘くする

名残りの蟹入りお雑煮と
馴染みの惣菜屋と私の手作り合作お節
金彩の梅花が剥げかけた赤漆の重箱に詰めて

あけましておめでとう
あけましておめでとう
二人ぼっちの
今年を占う
新春膳

辺境年金生活者の至福

年金生活者の一日は五本指の靴下から始まる
畳ベッドで背伸びして
枕元の靴下掴み
五本指が一度にすっぽり入ると幸せの予兆

東の雨戸を半分開けて今日の天気を占う
不揃いの乳房形の裏山は青い靄をまとっているが
今日の天気は晴れとみた

心もとない残存歯と頼みの入れ歯を磨き
朝刊とワイドショー同時に見ながら
昨晩残った菊芋シチューで作るチーズドリアの遅い朝食
節約を重ねて買ったドラム式洗濯機を回し
ウォシュレットに黄金ウナギの如き物が真っ直ぐ吸い込まれるのを見送り
あらためてトイレの神様に深々と合掌

洗面所の小窓からは鶯の声

やはり街に出るべきだ
ジーンズにデニムコート、ファンデーションにリップクリーム
赤い羊皮のリュックを背負い
もう太陽は昇っている

暖冬は花壇に
華牡丹、パンジー、プリムラ、ガーデンシクラメンを残し
花々がとりどりにその色を競う庭
それらに散水ホースで二重の虹をかけ
年金生活者はしばし私的小宇宙に見とれる

三十年前、新興住宅地として売り出された地方都市の外れ
奥の高台眺めの良い一区画に家を建てた
バブルとリーマンで、そこらは街に成り損なった
かつての田畑はセイタカアワダチソウや茅の荒れ地となり
すでに林となった耕作地は野鳥や虫の遊び所

年金生活者のお出かけは黄色の軽自動車
八年前、退職を前に死んだ夫からの贈り物
黄色の軽は、老いた住宅地を阿弥陀くじのように走り
最短で最寄り駅の荒れ地に止まる

ＪＲで七駅
ひととおりの公共・娯楽施設のある地方都市
用事の確定申告は意外に早く
幸運の時間を見逃した半年遅れのアカデミー賞の映画で埋めた
土産はデパ地下のイチゴ大福とウナギ弁当

夜は始まり
赤紫の山際を滑る龍雲を眺め家路につく

着いて一番、広縁の洗濯物を取り込み
仏壇の夫の遺影に大福を供える
そして、一日の出来事を噛みしめながらのウナギ弁当
一昨年替えたユニットバスに骨肉皮たっぷり浸けて
我が身の痛みと疲れに満足する

風呂上りには炭酸で割った芋焼酎を一杯
それから、それから・・・・・

桐の箪笥の引き出しを開けて
紫縮みの風呂敷に包まれたそれを取り出す
ＡＫ-４７カラシニコフ
辺境年金生活者の女は

一日の仕上げに
慣れた手つきで
今夜も銃の手入れをする

夜の散歩

老いた三日月が滲んでバナナの房のようだ
星の数もめっきり少なくなった
モノレール駅前のコンビニまでが
今日一日の私の運動
胸を張って腕を振って

住宅街が途切れた先の田んぼから
賑やかな蛙の声
田植え前のこの季節が好きだ
僅かな耳鳴りを気にせずにすむ

ツツジの花も終わりの運動公園
少年が一人
犬とサッカーをしている
観客のいない公園で
自在にボールを操り
しなやかな四肢はすべての重力を弾き飛ばし

最後に見事なバック転を披露する
私は軋み始めた左膝を摩りながら
空き地の駐車場を斜めに突っ切って路地を曲がる

マンションの先には
オレンジと緑のコンビニのゴールラインが輝いている
ポケットの丸めたマスクを伸し
客の少ない店内へ

朝食用の牛乳と
ガリガリ君すもも味を下げてレジに並ぶ
スマホで支払い歩数も確認
明日もたぶんたったこれだけの安息を買いに
夜のお出かけコンビニ散歩

盆の終わり

まったく地獄の釜の蓋が開いたような猛暑の夏
送り盆の夕暮れ時

旧一〇号線沿いの鄙びたドラッグストア
村のスーパーマーケットも兼ねたそこは食品も衣料も何でもござれ
数十台停められそうな無駄に広い駐車場
車が一台、二台、三台・・・そこに四台目の白い軽トラック
軽トラックは店の入り口横に停まり
痩せた老夫が降りてくる

あら、あの人は茂二さん
求菩提の奥山で梨とお茶を作っている
梨作りの名人でその剪定の速さ正確さ

茂二さんは重い足取り
店の入り口自動ドアで一旦止まる
そして

作業着胸ポケットから
くしゃくしゃの不織布マスクを出し
土の沁みた節くれた手で
不器用に耳に掛ける

消毒液をワンプッシュ
カートを押して中に入ると店にはたった客三人
茂二さんはゆっくり順序よく商品棚を巡りながら
十二ロールのトイレットペーパーと徳用石鹸
黒霧島一・八リットルの紙パック
二枚３９８円の鯵の一夜干し
最後に赤と黄色の丸い半額シールの付いた冷めた唐揚げ弁当を一つ
若いレジ係から段ボール箱を貰うと買った商品を無造作に詰める

表はまだ昼の熱気と草いきれ
茂二さんはマスクを外し
短い深呼吸をして
「妙な世になったもんじゃ」と呟く

エンジンを掛け
窓を開けて山道を走ると
懐かしい旋律が風の中に混ざる

これは覗きからくり節
母が炭鉱の縁日で聞き覚えたという覗き節
節だけがカラカラカラカラ空回りする
七五調の口上がどうしても思い出せない
茂二さんは自作の替え詩を唄う

ころは令和の始まりに
船からコロナが降りてきた
たちまち世界に広がって
どこもマスクの人だらけ
　一目会いたい我が妻に
日ごと月ごと子に戻る
愛しい妻が心配で
施設に会いに行ったけど
ガラスの向こうのまた向こう
　手を振りかけても返事なし
子らのお盆の里帰り
今年はコロナで帰られぬ
コロナコロナと騒ぐなよ
コロナウイルス太古から
　この世とあの世の淵にある〜ぅ
あっ、カラクリカラクリカラクリ、バッタン

郵便はがき

料金受取人払郵便

812-8790

博多北局
承認
0612

169

差出有効期間
2024年8月
31日まで

福岡市博多区千代3-2-1
麻生ハウス3F

㈱ 梓 書 院

読者カード係　行

ご愛読ありがとうございます

お客様のご意見をお聞かせ頂きたく、アンケートにご協力下さい。

ふりがな お名前	性別（男・女）
ご住所 〒	
電話	
ご職業	（　　歳）

梓書院の本をお買い求め頂きありがとうございます。

下の項目についてご意見をお聞かせいただきたく、
ご記入のうえご投函いただきますようお願い致します。

お求めになった本のタイトル
ご購入の動機 1書店の店頭でみて　2新聞雑誌等の広告をみて　3書評をみて 4人にすすめられて　5その他（　　　　　　　　　） ＊お買い上げ書店名（　　　　　　　　　）
本書についてのご感想・ご意見をお聞かせ下さい。 〈内容について〉 〈装幀について〉（カバー・表紙・タイトル・編集）
今興味があるテーマ・企画などお聞かせ下さい。
ご出版を考えられたことはございますか？ ・ある　　・ない　　・現在、考えている

ご協力ありがとうございました。

妻のために実った梨、巨峰に西瓜
今日も一抱え持って行った
ガラス越しの妻の顔は薄ぼんやりと動かない

遅くに嫁いだ一人娘は大阪にいる
十一歳、九歳の孫は年子の姉と弟
毎年裏山の竹を割って作る流しそうめん台
楠の木上のツリーハウスは年々進化する
三月も前に釣り竿二本、町で買った
去年孫と約束した周防灘での海釣り・・・・・

それでも
茂二さんは明日からの段取りを考える
山道の地蔵堂横の崖崩れを修理せんといかん
棚田を森に返すには後何年掛かるじゃろう

畑で採れた茄で落花生と焼酎の湯割り二合
茂二さん七十七歳喜寿の夏
独りぼっちの盆の終わり

うなぎ日和

リモート勤務の昼休み
アスファルトの溶ける音が聞こえそうな炎天下
昼のワイドショーが土用の丑の日を連呼する

しかたない
車で近くのうなぎ屋まで行く

店舗前に二張りのテント
うなぎを焼く匂いと煙の前で
案内ロープに沿って
マスクをつけた客・客・客・客・客・・・・・・達
微妙にソーシャルディスタンスをとって
うにゃうにゃと黙して並ぶ無表情の客が
発砲スチロールに入った
うなぎ達の顔と
同じだった

梅田ＩＮ地下鉄

カッカッカッカッ　カッカツ　カッカッ……
ぱたぺたぱたぺた　ぱたぺた　ぺたんッ……
大阪に着くと負けず嫌いの私は早足になる
同じリズムで歩いているというに
横行くピンヒールのＯＬにいともたやすく抜かれ
やはり歩幅のせいか
ポパポパ　ピッポ、ポパポパ　ピッポ、なかもず行き到着

走ってもつれて女性専用車両に跳び乗る
入り口の手すり付き端っこ席に滑り込む
帰宅ピークを過ぎた車内は半分座席が空いていて
帰りの疲れた臭いがする
車内でヒョウ柄に会うと縁起がいい
インナーにピンクのヒョウ柄のご婦人
白地虎柄トートバッグのメークが濃い女
二人も見かけてラッキーデー
対面の青スーツの紳士が熱心に日経を読んでいる
斜め奥くたびれた野球帽の男は競馬新聞

後はほぼほぼスマホ組
スマホ見て押し殺し笑いの真上つり革の高校生
何を見ているのか？
ろくろ首になって覗いてやろうか

心斎橋で塾帰りの小学生が飛び込んで
兄は漢字ドリル弟はスマホゲーム
「兄ちゃんしり取りしょ！」
「ええでー」
「ゴリラ」↓「ラッパ」↓「パルキア」↓「アメ」
↓「メダカ」↓「カラス」↓「スミ」↓「ミミズ」
↓「ズワイガニ」↓「ニモ」↓「も、も、モッ、モモンガ」
↓「ガチョウ」↓「ウニ」↓「ニク」↓「クラゲ」
↓「ゲーム」↓「ムチ」↓「チッ、チ、チ、チンコ！」
兄ちゃんがそう言うと
二人揃って大笑い
腹を抱え笑い転げ転げながら天王寺で降りた

おッ、とととッ！
私も降りるよ
慌てて彼等を追いかける

（※パルキア＝『ポケットモンスター』シリーズに登場する伝説のポケモンの名）

暮れ街模様

無数のＬＥＤの鮮やかな星が
街の並木や窓を飾る頃

マッチ売りの少女が何処からかやって来る
マッチはさすがに売れないので
短いスカートのサンタクロースに扮して
広告入りの不織布マスクを
配ったりしている

旅の終わりにハルカスで

一七五三二、一昨日の歩数
一五〇八三歩が、昨日
今日も既に一万歩を越えた

四天王寺さんにお参りして
参道をさんざん歩いたのでそろそろ腰も限界だ
総本家釣鐘屋の釣鐘まんじゅうも買った
後はあべのハルカス美術館
そこで終わりにするとしよう

欲張り小旅行の最後は必ず腰痛になった
美術館は子供向けのポップな「かおてん」
大きな絵本の中に入ったような展覧会
大小顔のオブジェと絵本は二十分足らずで見終わった

この十六階にはハルカスの空中庭園
若い木々の小径を抜けて

正面の強化ガラス越しに大阪の街を眺める

今日のような曇り日が好きだ
色も輪郭も鮮やかになる
天王寺周辺には高層ビルは少ない
寺や公園の緑が多く紅葉はまだ始まったばかり
下の世界の人々の動きまではっきりと見える

白い人工大理石のベンチに座る
右隣のベンチには
ベビーバギーを間に若い夫婦が
一つ置いて左には
年輩のなにわマダム三人組
女学生のように弾んでおしゃべりをしている
コロナ禍が明けた後の旅行の話などを・・・

立ち上がると腰が鉛を貼ったように重いので
叩きながら移動する

隅のベンチ
手作り弁当を食べるアラフォーのＯＬ
玉子焼きとウィンナー、ブロッコリーにおにぎり

ここは彼女にとってのささやかな贅沢処
小型のマグボトルのお茶を飲み干し
パタパタと足早に………

誰もいなくなったコーナーベンチ
半身仰向けになる
すべすべと冷えた大理石で背中と腰を伸ばす
右側、全面ガラス張りのハルカス３００が
巨大なカッターナイフとなって雲に刺さる

私は雲の底を眺める
あれ、真上に青い月
いや、あれはぽっかり空いた雲の穴
穴から見える青い空
見事に丸いその穴から誰かがたった今覗いている
あっ
目が逢った
とたんに穴が塞がった

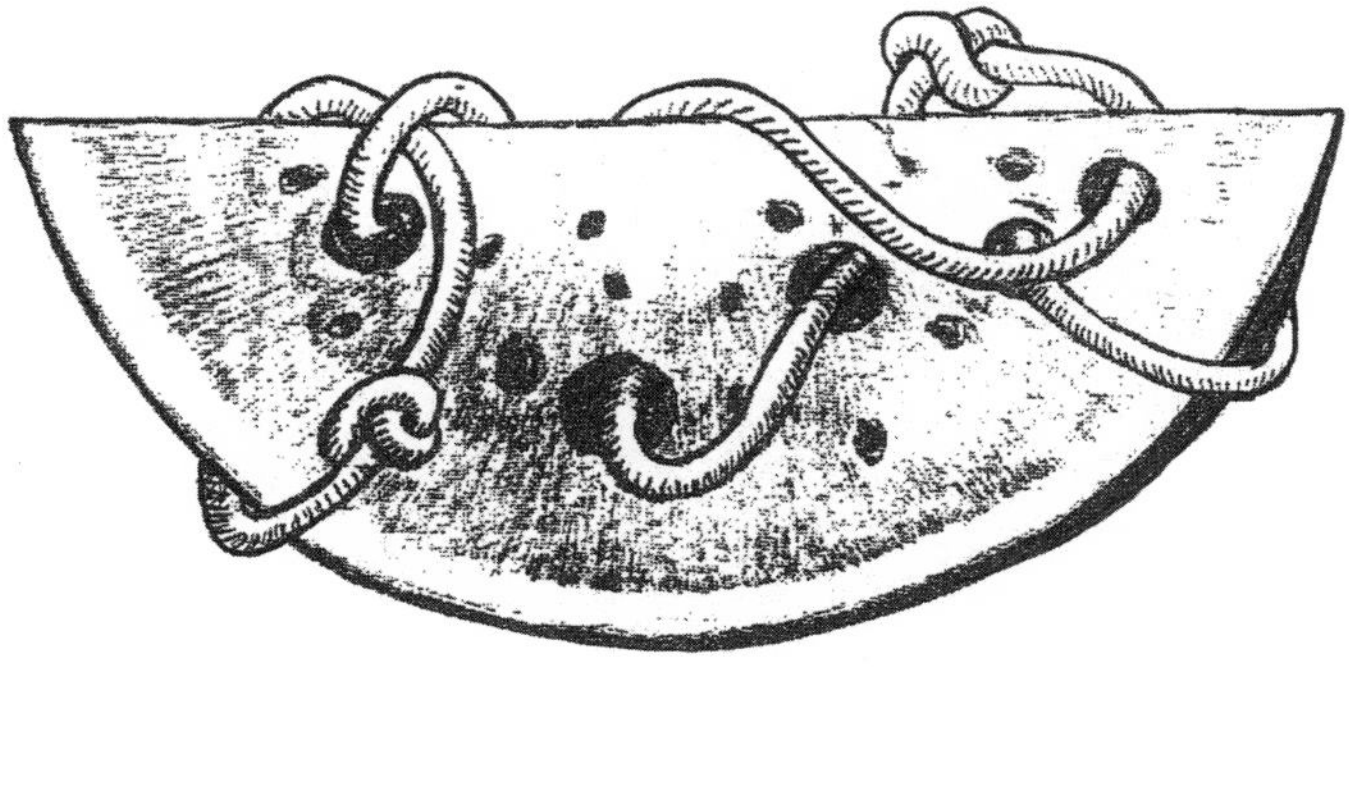

苺

アールヌーボーで設えた老舗の喫茶店に
小学校入学式帰りの母と子か

高く盛り付けられた苺パフェ
こぼさず器用に食べる制服姿の男の子
若草色のブランドスーツの鎧を着て
美しい母は深呼吸するように煙草を吸った

「お父さんには内緒よ！」

息子は聞こえないかのように軽く頷き
スプーンの苺を一つ落とした

春

入院

幼馴染みのえっちゃんのお母さんが
とうとう認知症になって入院する
えっちゃんはお母さんに何百回も
ありがとうの練習をさせた

イノシシ注意の黄色い看板の横
明るい桜色に塗られた三階建ての病院
分厚い強化硝子の玄関扉の前で
えっちゃんのお母さんは車椅子に
スッポリ収まって
首を傾け不安そうに涙ぐむ

別れ際
ほんの間近で
ホーホケッケキョと、
若い鶯が鳴いた

驚いたお母さんは
ありがとさんですと、
直ぐにお礼を返した

スマホ印籠

石作りの古い図書館はしっとりと本の虫が臭う
透明のビニールカーテンは何のバリアだろう
猫背縁なし眼鏡の痩せた中年男は
貸し出しカウンターで
旧式デスクトップを睨んでいる

アマゾン検索で見つからなかった本、

「天野忠の詩集有りませんか？」

「あまのただし、ただしはどんな字ですか？」

「中に心、忠義の忠です」

「………、………………」

「有りませんねぇ〜」

無愛想で陰気な男は上目遣いで答える
ビニールカーテンをおでこで押して画面を覗く
画面は「雨野忠」で検索中

おいおい、「あまの」と言ったら「天野」でしょう尋ねるなら苗字が先でしょうに……
急ぎの私は「天野忠」をスマホで出して
「この字です！」と、男に突き出す

ちょっと、こ、こっ、これでは水戸黄門の印籠
二倍速で映画を見るタイパの若者
いつの間にお前はＡＩの手先に……

羞じた私は駅前で
自戒の辞書を買いました

優しい冬至

朝エアコンを入れ
くたびれた皮のソファに寝そべって
日の出を待つ
師走の薄くなった版画の月めくりのカレンダー
令和四年一二月二二日冬至

東向きの掃き出し窓から
分厚い朝焼けのグラデーションを眺める

七時二六分
高速道路の向こう
天使のお尻と名付けた名も無き山の
ちょうど尻穴あたりから
くすんだ杏色の雲を通って
ほおずきみたいな陽が昇る

その陽が雲抜け

眩しい白い閃光に変わるとき
朝霧が一時《いちどき》に幾筋もの人型の精霊となって
嬉しそうに気化する

今日の夕餉は
絹豆腐の厚揚げと
土産に貰った栗かぼちゃの
炊き合わせにしましょうか

この惑星

チェルノブイリのひよこ

チェルノブイリの怪物の話を聞いたかい？
それは、牛ほどもあるひよこだ
放射能の霧がただよう
チェルノブイリの森の入り口で
コーリャじいさんが見たそうな

そいつは
風の音にまぎれて
ビュールルッ、ビュールルルビューッと
高く低く遠く鳴く

季節は何十何百も巡り
ひよこの身体はしだいに透けていくというのに
痛みはいっこうに治まらない
月の無い夜には
パンパンに腫れた半透明の丸い腹の中
放射能がチカチカチカチカ不気味に光る

あの日からずっと忘れられた今も
独りぼっちのひよこは
荒れて汚れた果てない森を
彷徨い続けているらしい

雨と煙草と男とマスク

二〇二〇年七月七日午後一時一一分
小降りになったビルの狭間
男が二人煙草を吸っている

ワイシャツにネクタイの中年と作業服の背の高い若者
若い男はくたびれた黒い傘を差している
二人共に顎にはマスク
間に円柱アルミ灰皿

ビル裏口の軒はあまりに浅く
次第に強まる雨脚に
若い男は中年に傘を差し掛ける
中年男は無表情に会釈して
傘外に三度四度忙しなく煙を吐き出すと
またマスクをかけビルに消える

独り残った若い男

ガンダーラ菩薩の美しい横顔を持った男
琥珀の長い指でゆったり煙草を燻らせながら
駱駝のような不揃いの長い睫を上げて
傘下から天を仰ぎ見る

男は雨空の向こうに
故郷のシルクロードに沿う
荘厳なる山の峰々を見ている
そして
愛しい妻を想いツツツツッッッ・ッ・ッ・ッッ・・・・・・
雨はすべての音と想いを優しく包む

マスクの若者は
路地を抜け
商店街の七夕飾りにそっと触れ
また異国の工事現場に戻る

令和ばあばの手毬歌

コロナコロスナ
コロスナコロナ

ばあば今年で七十四
エステにスポーツジム通い

娘キャリアのシングルマザー
孫のこころの保育園送迎
キャラ弁作りも楽じゃない

転勤族の我が夫
癌で亡くなり早四年
やっと掴んだ自由な時間
遺族年金使わな損そん

海外旅行もお預けで
映画演劇ままならぬ

家庭菜園そろそろ飽いた

ワクチン四回接種済み
コロンボ転んで
コロンブス笑う

コロナコロスナ
コロスナコロナ

そろそろここらで
オーライ・ジ・エンド

踊り観音

深耶馬溪のさらに奥
今では獣しか通らぬ澤沿いの苔むした参道の先
山を切り出した岩棚に御堂が在る
そこには等身の観世音菩薩が居られる
何れか小国の姫が病の平癒を願い作らせたという

観音は
月が赤銅色に染まる日蝕どき
踊りながら
不動明王に化身する

しなやかで強靱な筋を
すべて放ち、束ねて
繰り返しくりかえす旋律
おのれの押し寄せる欲との対峙

その優艶な舞踏に

魅せられた旅人が
生きたまま根が生え若木になった
門前の楠の大木がその男です

山姥賛歌

今年、日本人女性の平均寿命は
八七・七四歳で世界一
今や百歳超えの婆は七万六四五〇人
日本中の金さん銀さんがごろごろごろごろ
押し車を押してそこいらを散歩している

今は昔
姥捨山の婆の中には捨てられる前に
自ら山を選んだ女もいた
世間の理不尽に諍い山に入った女達は
皆、筋骨隆とした山姥になる
中には女神のような器量よしもいたが
山河渓谷、風のように渡るには姿形を気にするもんか

捨てられた間引きの赤子
男に掠われてきた子達を我が子と決めて養った

まだ若い精気溢れる山姥は
山賊とまぐわい
旅人と恋をし
次から次に子を産み育てた

母なる山神から
春に山菜
夏に沢の魚
秋には果実にキノコ
冬には獣も戴いた

そうやって
山母となり一心に我が子を慈しむ
山姥の賢く逞しい子らは
伝説やおとぎ話の主人公になった
金太郎に力太郎、酒呑童子もみーんな山姥が育んだ

だが、誰が
勇敢清廉な彼女達を語り継いでくれた？
ならば今から私が話そう
山姥が守ってきた
子や孫の世界に向けて

八月の記憶

焼けた赤土の荒野に
真っ直ぐ伸びるハイウェイ
ここは見知らぬ国

眼前の積乱雲がみるみる膨れ上り
足を乗せてもいないのにアクセルは意志を持って加速する
私の黄色い自動車が
巨大な雲の入り口に高速で吸い寄せられている

記憶の終わり
戦争の八月が再び始まる

日の丸が好きだ

日の丸が好きだ
白地に真紅真円の日の丸は美しい
ＮＨＫ・Ｅテレ放送終了時
私は蒼穹にたなびく日の丸を君が代が終わるまで
見とどけ涙する

この国の豊かな自然が風景が好きだ
山頂の一滴から始まり
滝渓谷を抜け豊かな平野を蛇行して海に流れ入る川
四季折々の力強い荘厳な祭り
月ごとの懐かしい行事

語彙の限りない日本語が好きだ
雲や雨の名、飛雨、天泣、時雨、驟雨………
草花木々の無数の呼び名
またその色は茜色、青柳、銀鼠などなんと四八五色
修学旅行で買った多くの魚名が刻まれた湯飲みは

筆立てになり今も机に残っている

そして何より日本人が好きだ
太陽に手を合わせ
百姓であろうが下町の職工であろうが
「ものつくり」に手を抜かない
繊細で勤勉な日本人

日本人は先の戦争で
銃口が二つあるのを知った
相手の肉体を撃ち抜く弾と己の魂を砕く弾
引き金を引けば双方に弾は飛ぶ
武器がどんなに無力かを知っている

だから信じる
私とあなたを
自国と他国を
守りたいこの国のため
この故郷のため

好日ボーリング

今年八八歳になるサントス爺さんが
何ヶ月も隠ったカビ臭い壕からようやく這い出て
空を見上げた終戦の日

空は眩しくただ青く
地上には焼けただれた瓦礫の街と
幾重にも重なり合った人骨、たったそれだけ
それでもわしら子供らは太陽が光が嬉しくて
すぐに
一〇本の大腿骨をピンに
幾つもあったしゃれこうべをボールに
野外ボーリングに夢中になった
サントス爺さんは言葉を詰まらせて
言いにくそうに語ってくれた

爺さん、詫びなど要らないよ
あの日

アメリカの飛行機乗りと
フィリピンゲリラ
ジャングルを這い回っていた日本兵
三つのしゃれこうべは
「これは、実に愉快なゲームですなぁ〜」
と、ゲラガラゲラガラ笑いながら
残された子供らと仲良く
転げ廻って
遊んでいたじゃないか

この星で

私の戦争はベトナムから始まった
父の本棚、ふと手にしたアサヒグラフ
見開きいっぱい、ジャングルを背にした二人のアメリカ兵
一人は肩に自動小銃
薄く笑いながら煙草をくゆらす
もう一人の表情の無い米兵は
右手にずっしりとベトナム兵の生首を下げる
伸びた髪の毛を無造作に掴まれた生首は
いきなりカッと目を開き
ジェットのごとく東シナ海を越え私の胸に頭突きする

今、この時、この星で
人と人が殺し合っている
十四の春の私の激痛

五十年
叫んで、叫んで、声が無くなるまで叫んでも

絶え間なく続いた数々各々の戦争
イランイラク、アフガニスタン、シリア、などなど……
限りなく進む軍軍軍軍ぐんぐんぐん……

こうしている今も
ウクライナの勇敢な母が手を広げ国へ帰れとロシア兵に迫る
対戦車砲がロシア戦車の柔い頭に突き刺さり
まだあどけない少年兵とモスクワに妻子を残した父親の兵士と
瞬時に二人を吹き飛ばす
チェルノブイリは再び放射能に汚れ
ロシアの高速ミサイルは工場学校病院マンションまでも爆破する
マリウポリの廃墟は地平線まで果てなく続き
産科病院で産まれたはずの多くの命が奪われる
侵攻から早一月、地下の数十万市民の水や食糧医薬品は尽きた

戦争に正義も勝利も無いだろう
科学技術が国を超え制御不能の現代は
あなたも私もこの星こそが故郷
強大な力の前で私達は何が出来る？
ならばせめて遠いあなたと手をつなぎ
明日のこの星の自由を
一心に祈りたい

わ？か？ら？な？い？

その一

ロシアの母が出兵する息子に逞しい腕を振り挙げ
「タンポーン、タンポーン……」と、叫んでいる
テレビのテロップでは
〈向こうに着いたら、タンポンを買うのよ！
撃たれた傷にタンポンを押し込むと止血できるから！〉
クラスター爆弾やレーザー兵器、恐ろしく進化した兵器に
母のタンポンはどのくらい有効なのだろう？

その二

性の虹色グラデーションを認めず
生産性が無いと、自らの人権を貶める女性国会議員
誰もが傷つき耳を覆いたくなるヘイト発言の議員
嘘と裏切りを何百何千と繰り返す議員達
これはまったく傷害事件

議員バッチは免罪符だというのですか？

その三

今年二十歳になる美しい娘が
母親の昔の薄茶色のスーツを着て
ワゴンにパサパサのチーズケーキと聖書を積んで
小雪舞う師走の町を売り歩く
信じる自由と迷う自由
隣の気のいいおばさんが地獄に落ちるというのですか？
それなら自分だけ
天国に行こうとは思わない

その四

ワンルームマンションの隣の女は
冷凍うどんとパンの耳食べて
アウトレットの店でエルメスのバーキンを買った
だからといって
丘の上の上級国民に何故なれると思えるのだろうか？
派遣の介護職が無くなれば
田畑を一人で守る母のいる郷里に帰る外は無いというに……

その五

地球饅頭の薄皮の周り
虫喰いオゾンの上で無数の殺人衛星が狙っている
地球生物を何万回と殺せる兵器を作り続け
ＳＮＳの電磁波で雁字搦めに縛られて
ＡＩが芸術さえ浸食する時
人類という寿命すら全うせず
他の生物を道連れに
地球人は
自滅してもいいのだろうか？

恐竜使い

ぼくの見つけたのが恐竜の卵だったら
ぼくは恐竜使いになる
裏山の炭焼き小屋で拾ったうす桃のラグビーボールほどの卵
今日でちょうど一〇八日、トクトク鼓動も聞こえるよ
こいつの名前はビートに決めた
ビートとぼくは「宇宙サーカス」の大スター
でもね「宇宙サーカス」はぼくとビートと中古の宇宙船たったそれだけ
それでも、銀河の星々を隅から隅まで旅して廻る
戦いで疲れた星、老いて消えそうな星、キラキラにぎやかな星………
ぼくはビートの背中やしっぽの上で宙返りや綱わたり
ビートの方は優雅に飛んで虹色の炎を高く熱く吹きあげる
サーカス興行の終わり、旅立つ前にぼくらはこっそり種を播く
それぞれの星に似合ったとっておきの木や草花の種
それから、旅立ちからずいぶんの時が経って………
ぼくらが幾ばくかの骨くれになって、かつては美しかった故郷に帰る頃
ほっほぉう、あの恐竜使いの花が咲いたねと
星々がうわさ話を始めるだろう

うつくしい旅

寝室の窓枠を蹴って空を飛び始めた
俯瞰の夜景は
新日本三大夜景の北九州工場地帯
ルビーやエメラルド真珠色の無数の灯り
今
揚力を受け鳥のように飛んでいる私
見知らぬ国の田園地帯
朝焼けは白い昼に
明るい緑の作物畑と碧く連なる山脈
渡り鳥と並んで見る贅沢な景色
あっ
みるみる加速して
ただただの広大な砂漠
東西南北方向も
高度・速度もコントロールが利かない
眼下は一面の海原
私は泳げない！　あぁ～このまま魚の餌になるのは嫌だ！

と
恐怖が呼び寄せたのか
前方積雲の中に四角にくり抜かれた穴
穴は一気に真黒の宇宙に続く
眼前に球体をなす懐かしい地球が青く輝く
死の恐怖をも凌駕する超絶美景
夢なのか？
このうつくしい旅で
魂はあるかも知れないと思う

あとがき

空を見るのが好きだった。

幼い頃、小中学までは、半日、空を眺めていても飽きなかった。空を観察していると、いつも新しい発見をする。様々に見える雲は、私の想像力を刺激した。ある時などは、うろこ雲からメロディーが聞こえてきたこともあった。夕空が、ピンクやオレンジ、紫に刻々と変化するのを楽しんだ。

虹と偶然遭遇したときの幸せ…。

星や月の夜空もまた面白い。今の夜空はコンビニや街灯、ネオンのためにすっかり星もしぼみ色褪せてしまった。その上私は、重度の乱視になって、三日月などは五、六重にも滲んで見える。もう一度、あの剣のように鋭く青白く光る三日月が見たい。

そういえば三十年も前、幼い息子と愛犬コロを連れて、夜の散歩をしていた時のことだ。

「あきお！　ほら、星がいっぱい出ているよ。きれいやねぇー」

と私。なのに、それを

「水疱瘡みたいや!」

と、返した息子。なんと、ロマンの無いことをと、笑ったが、あの頃から、街の空は病んでいたなぁ〜。子供の素直な目の方が正しかったに違いない。

先月、古い手箱を整理した。通知表や賞状に混じって、「到津遊園・林間学校三十年のあゆみ」という小冊子が出てきた。一九六七年発行のもので、到津遊園林間学園開設三〇周年の記念誌だ。

到津遊園というのは、現在も北九州市にある到津の森公園のことだ。林間学園はコロナ禍で休園になったが、今年はまた、夏休みに開催されるらしい。

一九三七年(昭和一二年)初代の園長は、童話作家の久留島武彦先生で、戦時中数年途絶えたが、一九四六年から、再開され、今年は八十四回目になるという。私の時は、阿南哲朗先生が園長だった。林間学園は、北九州の様々な小学校から児童が集まって来て、他校の友達も出来て、楽しかった。レクレーションや文化活動、自然や動物とのふれ合いで、子供達に、心身共に健全に育って欲しいという、創立当初の先生方の熱意が伝わるような工夫された行事が、詰まっていた。

その懐かしい三〇周年記念誌が出てきたのだ。記念誌には、十一人の児童の詩が掲載されていた。中の一つに、私が小学二年の時書いた詩が載っていた。生まれて初めて、書いた詩であり、活字になった作品だった。

にゅうどうぐも

二年　池田ゆみ

先生が
たいふうの話をしていた
木の間からみえるくもが
どんどんわいて
にゅうどうぐもになった
ぐんぐん大きくなった
くもでお日さまがかくれた
あめがぽつぽつふってきた
いっときふるとやんだ

木のえだから
ぽつんとあめが
わたしのかおにかかった
ひやっとした
いいきもち
木のはが
ぴかっと光って
ゆれている

（二十四回生）

幼く拙い詩だ。しかし、この詩を読むと、あの日の八歳の私を鮮明に思い出すことが出来る。どうやって初めての詩を書いたのかもハッキリ記憶している。

一週間の林間学園の中日に、「林間学園の思い出の詩を書いて来てください」という宿題が出た。先生は、「書けた人だけでいいんですよ」と、言った。自主課題だったが、当時、真面目で勝ち気だった私は、どうしても提出しなければと思った。

そして、母に訊いた。

「お母さん、詩ってなんね？　どんなふうに書けばいいと？」

小二の私は、詩というものがどういうものか、全く見当も付かなかった。暫く考えていた母は、

「うーん、ほら、いつか由美ちゃんが、小学校上がる前、病気で三十九度の熱を出して、お父さんが夜勤だったんで、真夜中、お母さんがおんぶして、西野病院に行ったことあったよねぇ〜、ペニシリンの注射をして、少し熱が下がって、病院から帰る途中、大きな白い満月が出ていて、由美ちゃんが、『お母さん、お月様が、あたしに付いてくるよ！』そう言ったの覚えとる？」

「覚えとる、大きなきれいな月で、ずっと病院から家まで付いて来て、不思議やった・・・」

「あれが、詩よ！　あのことをそのまま書いたら詩になる。由美ちゃんが、見たり聞いたり、思ったりしたことをそのまま書いたら、きっと詩になるよ」

母は、そんな風に私に教えてくれた。私は、母の説明でなんとなく詩というものを理解し、思うままに書いたのが「にゅうどうぐも」の詩だった。

森の音楽堂で先生が台風が来るかもしれないという話をしていたので、空を見ながら不安な気持ちになっていた。音楽堂の木々の向こうに見える入道雲がぐんぐん湧いて、夕立になった。私達は屋根のあるステージに避難し、雨が止み、音楽堂のベンチにもどると、葉っぱにはまだ雨粒が残っていて、水滴が顔

に落ちる。それが、気持ちよかった。そんなたわいのない詩だが、私にとって、思い出深い詩だ。それが、林間学園の記念誌にも掲載され、残っていることが更に嬉しい。

文章が、写真や絵のように、鮮やかな映像と記憶、感動を呼び起こすことと、文で表現することの面白さを母は私に教えてくれた。

あれから六十年、未だに、自身すら満足させられるような詩が書けていない。今は、ＡＩが詩を書く時代だ。ＡＩは膨大なデータから言葉を選び文にする。しかし、詩は極私的なものだ。自らの五感で感じた痛みや喜びや悲しみなどが、リアルに表現出来たとき、初めて普遍になる。だからＡＩの詩はいつまで経っても模倣でしかないと思う。

退職して自由な時間が出来たが、五感の末端、目、耳、鼻、舌、四肢が不自由になってきた。肝心の脳もそろそろ怪しい。それでも書きたいことは、今までさぼった分、頭の中で飽和状態なので、早くアウトプットしなければならない。

この詩集は、私にとっては第二詩集です。第一詩集『ワスレ草』は三十代の半ばに何も分からないまま、装丁・編集も自分でして印刷屋に頼み製本していただきました。

第二詩集『悲しみも逆さか』は、令和元年（二〇一九年）から令和四年（二〇二二年）にかけて同人詩誌『ＧＡＧＡ』に掲載したものが主です。

その中には、ここ四年間のコロナ禍やロシアのウクライナ侵攻について書いた詩もあります。なので、たとえ未熟でも、今この時、形にしたいと思ったのです。

これからは、自己だけでなく、私に繋がる人々の思いや様々な感情、印象的な情景など、読み手にも確かに、伝えられる詩を書いて生きたい、そう思ってます。

表紙の装丁画を提供してくださった土田恵子さん、編集全般にご尽力いただいた梓書院の井上恵さん、ありがとうございました。

大土　由美（おおつち　ゆみ）

1953年　福岡県北九州市　生まれ
1975年　福岡教育大学卒業
1976年　北九州市中学校美術教諭
〜
2012年
2019年　詩誌『GAGA』同人
2020年　福岡県詩人会会員

詩集　悲《かな》しみも逆《さか》さか

2023年7月1日発行

著　者　大土由美
発行者　田村志朗
発行所　株式会社梓書院
〒812-0044　福岡市博多区千代3-2-1　麻生ハウス
電話 092-643-7075/FAX 092-643-7095

表紙 装丁画　土田恵子
挿絵　大土由美
印刷／青雲印刷
製本／岡本紙工

ISBN978-4-87035-772-3

©Yumi Otsuchi 2023, Printed in Japan
乱丁本・落丁本はお取替えいたします。